태양은 솟는다

동인 詩人選 003

태양은 솟는다

2023년 10월 7일 제1판 제1쇄 인쇄
2023년 10월 7일 제1판 제1쇄 발행

지은이   송미순
디자인/인쇄   동인문화사
등록번호   제 사144 호
주소   34571 대전광역시 동구 태전로131번길 2
진화   042-631-4165
팩스   042-633-4165
이메일   dongin71@daum.net

ISBN 979-11-88629-12-1

태양은 솟는다

송미순 시집

동인 문화사

나는 긴 시간 속에 시 한 편 써 올렸다.

생명이 느껴지는 시
울림으로 빚어낼 때
지우고 또 지우고 다시 쓸 때
고운 빛이었다.

한 편 한 편 헝클어진
언어를 정리하고 세우려 하니
어설픈 받침마저 부러지곤 했다.

침묵의 여백 속으로
빛을 안고 돌아서 흩어지는
소멸의 뒤안길

나는 시를 쓸 때가 가장 가슴이 떨리는 순간이다.

맨 첫 장 백지에 그림을 그리듯
첫눈이 와서 아무도 밟지 않은
새벽길을 내딛는 기분이다.

아니다. 그보다 열배 백배 가슴 벅차고 설렌다.

종잡을 수 없는 어지러움과
위태로운 희열도 느꼈으리.

7년 만에 첫 시집을 내려고 한다.
슬픔도 그리워할 수 있기에
아픔마저 사랑할 수 있기에
다시 맨몸이 되어 선다.

다시 선 자리
울림으로 마음을 물들이고
작은 풀꽃이라도 피울 수 있기를 바라면서...

2023년 9월

은경 송미순

차 례

2부. 꽃을 노래하며

3부. 여행을 하면서

4부. 울 엄마

1부

행복의 계단을 오르며

일출

그대를 닮고 싶어라
뜨거운 열정으로 사랑하고
희망의 빛이 되는

가끔은 달님에게 양보하고
먹구름 비바람에게 양보하는
넉넉한 태양이고 싶어라

다시 잉태할 적에
그들의 가슴에 눈부신 감동을 주는
커다란 태양이고 싶어라

나 없이는 살 수 없다고
세상 구석구석 그늘진 곳 비추는
가슴 따뜻한 태양이고 싶어라

봄의 향연

뉘 향긋한 혀끝을 돌아
저리도 달콤한가
입술마다 솔향에 젖고
숨결마다 아지랑이 피어오르는데

가을의 따뜻한 숲길도
첫눈의 소리 없는 언약도
모두 다 꽃으로 피었나보다

샛바람 맞아
산천 어디에나 주저앉아 피는 꽃들
해묵은 가지에도 물이 차오르고
미로를 돌며
담장을 치는 샛노란 개나리

짧은 밤 허름한 울타리면 어떤가
오가는 연인마다
진달래 빛 싫지 않은 아픔들
피어나라 새 생명 희망의 꽃으로

까치

이른 아침
햇살 듬뿍 머금고
감나무 위 노니는
까치

밤새 뭐가 궁금했을까
기쁜 소식이라도 있을까
주부리로 쪼아대며
연신
나를 부르는
까치 한 쌍

고단함을 베개 삼아
머뭇거린 오늘
잠든 내 영혼을 깨우는
까치들 노래에
나는

활짝 웃는 나팔꽃처럼
하루의 빗장을 푼다

봄을 보내며

바람이 꽃잎을 애무하듯
스치는 구름 따라
떠나는 님아

봄볕에 흐드러지게 피었다가
눈부신 양탄자 위로
마음 하나 남겨두고

보내야만 다시 볼 수 있는 운명

마음 가득 그리움 담아
어느 날 푸르름 안고
붉은 사랑 달구며 다시 오겠지

시를 짓다

숨은 그림이 있었지
한마디로 말할 수 없는

그저 언어의 입김일 뿐

깨닫지 못한
마음의 풍광에서
꽃들이 피었지

은혜와 축복을 입은 사람들
사랑의 영광을 모으며

행복으로 가는 길
수채화가 꿈길처럼 펼쳐지고

촛불

꺼질 듯 말 듯
바람 앞에 놓인 촛불

온몸으로
세상을 비춘다

영혼을 태우는
작은 불꽃

낮은 곳으로 흐르는 물빛 되어
가슴 적시는 사랑의 빛

한없이 작아지는 너
순결한 여인처럼 흘린 눈물은
십자가의 핏빛으로 녹아내린
생명의 빛

바람에 띄우는 편지

고즈넉한 숲 언저리
눈길에 스치는 작은 생명
졸인 마음에 멈춘 발걸음

고사목에 움트는 새순
돌 틈 사이 피어난 이름 모를 풀꽃
얼어붙은 그늘 따스한 햇살

산고의 고통에도
인고의 세월에도
아름다운 인연 피워 올렸어라

숲이 쓰는 편지 한 통
바람에 띄우네

지친 세상
번민하는 사람들에게
희망의 이야기를

미소

여유로운 미소를 짓는 사람은
나이가 들수록
편안하고

불평불만을 늘어놓는 사람은
일그러진 인상으로
거리를 두게 돼

거울 한번 볼까
씽긋 웃어도 보고
찡그려도 보고

어때
지금 당신 모습
세상 다 산 듯
근심 걱정 가득한 건 아닌지

웃어봐
함박꽃처럼
넉넉한 인품이 풍기도록
마음을 가꿔봐

세상사 마음먹기 나름
나이가 들수록
얼굴에 미소로 남을 거야
내 이력은

친구가 하늘처럼

친구에게서
맑은 냄새를 맡으면
그가 하늘처럼
보일 때가 있어

이슬이 맺혀 있는
애호박을 보았을 때
먼저 보내고 싶고

들길 산길 청초한 꽃
아름다운 설렘
우선 전하고 싶지

메아리가 오가는 친구는
멀리 있어도 영혼의 그림자처럼
한결같은 좋은 벗이고

쓴소리로 키워주는 친구는
나의 큰 재산
가장 큰 선물

맑은 물에는 달이 쉬고
나무에는 새가 둥지를 짓듯
스스로 우주를 지닌 사람은
그런 친구를 만날 거야

은행나무

반짝반짝 가을 햇살
황금미소 노란 꽃송이로 피어나
달밤의 거리를 황금빛 양탄자로 깔아 주고
천 개의 등불을 밝혀주는 요술쟁이

입동
소슬바람에 은행잎이 흩날리며
그리움 머금고
땅에 입맞춤하며 잠긴다

가랑비 내리던 날
사계절의 사연을 품고
투둑투둑 떨어져 뒹굴면
세월 따라 지나간 나그네
무심코 미끄러져 투덜댄다

이보게 나그네
세상 냄새나는 겉모습이지만
속 내음은 부드럽고 고소함의 향기
천혜의 일품이라오

친구야

친구야
여름내 향기를 뿜던 녹음도
노랗게 붉게 변하더니
어느새
공원을 산책하는 사람도
술취한 듯 핏빛처럼 선명하던 단풍잎도
애처로이 지나가는구나

친구야
함께한 세월
아주 작은 이유로
때로는 다투고 때로는 못마땅한 때도 있었지만
이미 지난 일 좋은 기억만 간직하자
가을, 지나는 바람
뒤돌아보지 않고 앞만 보고 가지만
우리 마음엔

친구야
너는 나의 영원한 벗
놓을 수 없는 나의 기억
사랑한다
친구야

인연

사람을 보려거든
한 눈으로 보지 말고
두 눈으로 보고

길고도 짧은 세월
쉬엄쉬엄 먼 길 나서듯
느린 걸음으로 보자

사람을 알려거든
단편으로 알지 말고
장편으로 알고

인생은 짧고
세월은 멀다 했느니
먼 훗날을 바라보자

갈래머리 소녀

술래잡기하던 뒷동산
노을 찾아오면
같이 놀던 친구
들뜬 얼굴 반짝이고

밥 짓는 하얀 연기
초가 위로 나래 펼 때
엄마가 부르는 소리
골목마다 자욱하다

물안개 피어나는 개울가
깡충깡충 뛰어가면
새침데기 바람이 마중하고
개구쟁이 흰 구름이
친구 하자 손 잡는데

집 찾는 잠자리
갸우뚱갸우뚱 고갯짓하다
언덕 위로 포르르 사라진다

속절없는 잔주름
가을비에 무너진 가슴

꿈속에서 날아왔나
어느새 오십

다시 못 올 그 풍경
눈 감고 다시 부르는 노래

하늘을 바라보며
– 나의 기도

해질녘 지평선 위
고단한 가슴에
영원한 생명수 한 모금
마시게 하소서

하늘에 희망 한 조각 띄워
시들지 않은 나래
활짝 피게 하소서

순수하고 진솔한 사랑
너와 나의 손처럼
허공을 가르며
한 뼘의 햇님 잡게 하소서

당신의 넓은 품으로 안아
바다 같은 마음으로
살아갈 수 있는
큰사람이 되게 하소서

구름 바람 쪽빛 하늘에
화해와 용서로
오늘을 평화롭게 하소서

묵은 짐

어느 날 출근길
햇살 한 움큼 바람 한 됫박 마시며
봄을 담은 꽃들의 향연

사랑스러운 튤립 바라보며
내 묵은 짐 벗어 버릴 찰나

저만치 걸어오는 한 나그네
향기에 푹 빠진 모습이다
등산복 차림 지팡이 두 개
등에 멘 배낭은 반쯤 열린 채

저 배낭에는 무엇이 들었을까

가까이 다가가
배낭 안을 들여다보니
아무것도 없는

깊은 시름 우리 인생도 저렇게 텅 빈 것을
얼마나 과욕 속에 살고 있을까

인생의 굴곡 덜어내는 아픔이 클지라도
그 바닥까지 비워보면 어떨까

한마디 말

가슴에 묻고 살아요
들꽃처럼
아픔도
세월이 흐르면
추억이 되니까

삶이란 참 이상한 것
즐거웠던 일보다
쓰리고 아팠던 시간이

슬픔도 극복하고
울음도 참고 삭히면
희망이 되지

가슴에 묻고 살자
세월이 지나고
인생이 허무해지고
내 몸이 거품처럼 사라질지라도

누군가에게
소금 같은 한마디 말로
희망을 줄 수 있다면

빈 잔의 자유

잔은 비울수록 좋다
차 한 잔에
지난 세월이라도 좋고
정이라도 좋다

마음을 비우고
조급함을 버리고
집착을 버리고

잔은 채울 때보다
비울 때가 더 아름답다

좁디좁은 공간에
얼마나 많은 것을 담고 있는지
보여주지 않는가

뜻대로 되지 않을 때
무언가에 자꾸만 집착할 때
허무하고 불안하여
믿음이 가지 않을 때

빈 잔을 보라
가슴이 뛸 때까지 보라
비우는 잔마다 채워질 것이니

행복 계단

내 가슴에 쌓아 온
행복 계단

한 걸음 한 걸음
이십팔 년 함께 한 남편
사랑하는 두 딸과 아들

날마다 지극 정성
찬양과 기도로
하느님 향한 간절한 간구

행복의 계단
기쁘게 오르라고
굳세게 잡아주시는 온화한 손길

생명의 빛으로 오신 분
섬김과 감사로
주님을 흠숭하는 뜨거운 가슴
행복의 계단을 오르는

자애로운 마음

비를 긋다

잿빛 얼굴
가슴 졸이며
엄마를 기다렸다

보낸다

엄마 설움
내 설움
빗줄기에 묶어
어둠자락에 실어 떠나 보낸다

조여오는 가슴에
손가락 스멀스멀
실핏줄 타고
약물 오를 때

보고 싶다

사랑의 그림자
이렇게 비 오는 날이면

등대

하늘과 땅 사이
수평선 바라보며
온 누리의 빛이 되는
사랑

뜨거운 가슴
낮에는 햇빛으로
밤에는 달빛으로
은하수처럼 빛나는
눈동자

몰아치는
폭우와 눈보라에도
작은 희망 가슴에 안고
말없이 불 밝히는
당신

언제나 변함없은
올곧은 여인처럼
생명을 나누며
오늘도 기다리는
어머니 품속 같은
그대

소나무

내 가슴 속
억세고 거친 꿈
뜨거운 눈물로 떨어질 때

끝없는 들녘을 달리며
삶을 빛내는 당신

하나를 이루는 곳에
당신과 이야기를 나눕니다

묻지 않아도 답을 말해
허공을 맴돌던 꿈이 온 듯

한참을 바라보았습니다

늘 푸른 소나무
거목(巨木)이 되는 푸른 꿈

지금도 꿈이 아프면
당신에게서 위로를 받습니다

기도

거룩하신 주님
이 순간에도
생명이 경각에 달린
환우가 있습니다

그에게
용기와 희망을 주시고
독수리 날갯짓 같은
힘을 주소서

마른 줄기에
새 이파리 돋듯
생기를

어두운 터널 힘겹게 견뎌온 이에게
밝은 세상 펼쳐지도록

주님의 기적
일어나게 하여 주소서

질문

바람이 묻는다
어디로 가느냐고

바람이 묻는다
어디서 왔냐고

답을 못했다

오십을 넘어도
바람의 질문 그 어디
대답했다면
지금은 묻지 않겠지

나는 나무처럼
바람 앞에 흔들린다

생명의 나눔(헌혈)

사랑의 숨결 밝은 미소가 보기 좋습니다
괜찮으세요
온몸을 순환하는 통로
일곱 개의 번뇌와 열두 개의 신경계가
뜨거운 파장을 일으키며
혈맥이 뛴다

지구를 두 바퀴 돌고도
반 바퀴를 더 돌 수 있는 내 안의 혈관
솟구치는 실핏줄 따라
한순간의 전율이 부르르 떨며
붉은 피는 순백의 강물처럼
생명 나눔으로 흐른다

고통받고 시들어가는 한 생명 앞에
나의 작은 사랑의 핏빛 나눔은
생명 존중의 실천이니

희망의 생명은
또 다른 새 생명으로 탄생하는
거룩한 감사의 숨결
너와 나를 품고
우리 안에 피어난
행복 나눔의 꽃이다

짜장면

삶이 힘들고 지칠 때
끼니처럼 찾아오는
용문동 추억

한여름 땀방울
프라이팬, 돼지고기
양배추, 양파, 마늘, 감자,
짙붉게 볶은 정성
싹튼 사랑

골목길 꼬불꼬불
퀴퀴한 바람
숨 돌릴 틈도 없이
발바닥엔 불이 났지

외로운 몸
손에 손잡고 춤추던 시절
까만 정 한 그릇에
하얀 미소

배부름에 부푼 가슴
한 그릇 짜장에
무지갯빛 그 시절
이십 년 세월 감싸 안은
사랑의 꽃밭

마음의 샘

때로는
아껴두고 싶은 것
버리기 싫은 것도 있지요

마음을 아껴야 할 이유

퍼내어도 퍼내어도
마르지 않는
사랑

어려운 이웃과 나누면
행복은 두 배
채워지는
마음의 샘

퍼내면 퍼낼수록
다시 채워지는
사랑

행복

저녁이 되어
편안한 마음으로
하루를 마무리하고

힘들 때에는
사랑하는 사람을 추억하며
설레는 가슴으로

보고플 때
혼자서 휘파람 불며
세월을 보내는

마음

흰 구름

온갖 고뇌 잊은 듯
나직한 하모니의 연결
흰 구름은 다시 파도처럼
일렁이며 흘러간다

무변광대 먼 공간 위
방랑의 그림자로
기쁨과 슬픔 아우르는 삶
겪어보지 못한 사람은
알지 못한다
왜 저리 흘러가는지

맑은 듯 투명한 듯
정처 없이 흐르는
어느새 나는 빠져든다
흰 구름 바다로

고향이 없다고 서러워 말자
외로운 발길 머무는 곳
그곳이 바로 내 고향이니

지천명 넘고 보니

청춘도 노년도 아닌
애매한 자리

열심히 살아왔다는 생각에도
허무가 밀려오고
알 수 없는 외로움에 방황하며

가족을 위해 살아온 삶
품 안의 자식은 하나둘 떠나고
빈자리가 내 자리야

친구 만나
차 한 잔에 속마음 털어놔도
답답함이 엄습한 시간

새로 시작하기도
휴식을 취하기도
조심스럽고 부담스러운 세월

다시 도전해 볼까
온전히 자신을 돌아보고
포기하지 말고

다시 시작하는 거야

새로운 삶
새 생명의 빛으로
못 이룬 꿈 이루기에
그래 지금이야

그 끝은 어딜까

온 나라 방방곡곡
코로나에 애간장 녹는다

신약 개발은 언제일런지
병마에 시달리다
앗아간 생명
그 원통함을 뉘에 말하리

생명
그 끝은 어딘지 모르지만
바람아 불어다오
어두운 먹구름 헤치고 새 희망의 꽃 피우세

중환자실에서

빛과 어둠이 생사를 다투고
이승과 저승이 떠도는 병실

깊은 밤 침묵에 묻힌
숨소리만이 적막을 깨운다

속병 든 뼈 지탱도 못 하고
의식도 껴안지 못해
벼랑 끝에 누워계신 아주버님

나날이 몸이 이울 때면
남는 건 아쉬움뿐
하루하루 잠든 듯 누워
삶의 촉수 뻗어 봐도

이제 묵독의 형식만 존재하니
못다 한 미련만이
밀물처럼 출렁이고
단명의 초로 같은 삶이
우리네 인생이려니

낙엽

그대, 슬퍼하지 마오
여름보다 찬란했던 청춘이 있었잖소

한 시절 행복했고 즐거웠던 그대들의 잔치
지워지지 않는 추억의 날들

아프지 마오 그대
세월에 잊혀가는 추억, 추억들

이젠 그리움으로
어찌 애석하지 않으랴마는
내려놓을 줄 아는 그대
나도 새털처럼 가벼이 내려놓으리

날아라, 황금돼지야

황금돼지 끝없이 줄지어 온다
보라
금빛 태양의 축제 속에 춤을 춘다

붉은 태양
불꽃처럼 타올라
동해에서 서해까지
백두에서 한라까지
눈부신 세상이 펼쳐진다

함께 가자 친구야
가는 임 보내주고 오는 임 맞이하자
나는 너를 끌어안고
너는 나를 밀어주니
무엇이 두려우랴

남북이 하나 되어
세계에 우뚝 서는 날
환희의 그 순간이 다가온다
드높은 백의민족 정기를 모아
세계만방으로 나아가자

황금돼지 등에 올라
꿈을 이루는 그날까지 달려보자
찬란한 대한민국
평화의 세상을 만들어보자

3.1절을 기억하다
- 100주년을 맞이하여

그날의 그 함성
어찌 잊으랴
반만년 역사의 기백으로
백의민족의 이름으로
목청껏 외쳤던
우리는
대한독립
만세 만만세

어쩌다, 어이하여
나라를 빼앗겼던 그 날
하늘도 울고
삼천리 금수강산도 울고
이천만 동포가 통곡했던
아
잊을 수 없는 그 치욕의 날
강산은 암흑에 묻히고
민족의 영혼마저 말살하려는
그때
절망의 끝자락에서
천둥 같은 함성이 울렸으니

파고다 공원에서
아우내 장터에서
삼천리 방방곡곡에서
중국에서 미국에서
남녀노소 다 함께
태극기를 흔들며 외쳤던
우리는 자주독립 대한민국
만세 만만세

그날의 함성은
잠든 민족의 정기를 깨우고
임들의 고귀한 희생은
뜨거운 피가 되고 살이 되어
일백 년 전 만세 함성
우리 가슴에 살아 있나니
혼불로 타오르나니
잊지 못하리
어찌 잊으리

후손들아
시퍼런 총칼 앞에서도
당당했던 불굴의 민족정신
일심단결의 화합 정신
이제
그 정신 이어받아

평화의 빛으로 남북통일 이루자
경제 대국 만들자
세계에 우뚝 선
자주독립 대한민국 만들자

그날의
그 함성 그 정신이여
영원하여라
대한민국이여
만만 번 영원하여라.

유월의 찬가

하늘 아래에 신록이 가득하고
불볕더위에 지천이 뜨거울 때
순백의 꽃 피어난다

유월의 힘찬 기운 받아
평화의 나팔 소리
세상을 향해 울려 퍼지는구나

오천 년 이어 온 우리 한 민족
고통의 분단 수십 년이 웬 말이냐
유월의 호국영령 앞에
보훈의 나팔 울리오니

"평화의 향기야 퍼져라"
"백의민족 하나로 피어나라"

세상 사람들아
숨 가쁜 사연들을 가슴에 안고
아름다운 유월의 여신으로
변함없는 사랑 이어가게 하라

온 세상 백합 향기로 가득하게 하라

광복의 날이여

아
또다시 왔구나
가슴 뜨거운 날이여
총칼이 부러지고 어둠이 걷힌 그 날
그대는 다시 또 왔구나

어이 잊으랴
찬란한 금수강산에
씻지못할 치욕을 주었던 악의 무리를
폭풍처럼 휩쓸었던 그 날
눈물로 기쁨을 주었던 그 빛

그대여
나의 소원 들어주게
백의민족 품에 영원하소서
천만년 대한의 기둥이 되소서
영원히 영원히 우리의 등불이 되소서

2부
꽃을 노래하며

사랑 꽃

내 안에 시나브로 피어난
향기로운 꽃이 살아요

진실한 사랑의 향기 품고
살포시 웃음 짓는 꽃

영원히 지지 않는
늘 푸른 사랑 꽃이 살아요

심장에 곱게 피어나
몰래 하나가 된 꽃

그리움이 익어간
당신이란 꽃이 살아요

복수초

땅거미 내려앉아
보일 듯 말듯
얼음 눈 비비고
북풍 찬바람에
새 등 밝힌
꽃 한송이

달빛에 꽃대 곧게 세워
낮에는 임 그리워
황금빛 손짓으로
밤에는 임 그림자 되어
수줍게 미소짓다

하도 작을세라
보지 못할까 졸인 마음에

꽃잎 쟁반 만들어
봄을 깨우네
그대,
봄을 축배하는가

강릉 요강 꽃

요리조리 보아도
이래 봬도 저는 복을 주는
복주머니에요

쉬이 보지 말아요
치마폭 살짝 들치면
그 안엔 보물이 가득
향기 나는 요술 꽃이에요

긴 밤 달그림자
수줍음으로
햇살 한 움큼 아슴한 잎새
살포시 치맛자락 들치며
남몰래 피웠지요

귀하고 소중한
이리저리 보아도
신비의 꽃이에요

나팔꽃

임을 기다리는
슬픈 눈망울이여

이슬 젖은 밤
새고 또 새어

끝이 없을
붓끝에 피어난 사연

백합

평화로운 하늘
향기로운 땅
순백의 내 마음

이 땅의 평화를 위해
하늘을 향해 노래한다

향기야 퍼져라
맑아 저라

임이여
이 아름다운 계절에
순결한 이 꽃 한 송이 받으시고
변함없는 사랑
이어가게 하소서

꽃비 내리던 날

꽃비 내리던 날
환희의 찬 꽃밭에
하얀 카펫을 깔아 놓으며
나그네 유혹하던 너

세속을 뒤로 한 채
하얀 몸 불사르고
빈 마음 이별의 길 떠나버린 너
그 아픔을 그리움으로 기억할까

바람에 꽃비 쏟아지는 날
보고픔 가누지 못해
가슴을 후비고
먼 길 떠나시는 임이여

하나둘씩 꽃잎 떨구어
꽃비 춤사위 몰고 와
하얀 미소 띄운
그대 향기로운 입맞춤

화려했던 날을 한판 선보이며
하얀 사랑 그리움으로
한 컷 흩날리며
이별의 눈물을 삼킨다.

꽃술 순례

꽃술
눈길 주지 않았는데
어느 날 문득
내게 다가왔다

접시꽃 나리꽃처럼
화려하게 돋아나 보여도 좋고

치잣꽃 민들레꽃처럼
달라붙어 보이지 않아도 좋고

초롱꽃 옥잠화처럼
가여운 듯 감추인 것도 좋다

포근한 사랑 눈빛으로
무언(無言)의 시간이 얼마나
소중한지 알게 되니까

혼탁한 갈등의 시간
우울해 있던 나
꽃술 순례는
어느덧
커다란 우주가 된다

내 사랑 맥문동

노을에 잠긴 솔잎 사이로
다가오는 너

너는 그렇게 내 마음을
보랏빛 향기로 물들게 했지

아무것도 없어도 좋아
이 순간만큼은

내 영혼에 스며드는
너의 몸짓
솔향 그윽한 보랏빛 하늘

장미꽃 사랑

동산의 초록 바람
싱그러운 잎새
봄 노래 부르고

뜨락에 미소 짓는
오월의 장미
붉은 심장 태우는데

꽃바람 향기 따라
언제 오시려나
그리운 님
붉게 물든 장밋빛 사랑 하나

산 굽이굽이 감싸도는
바람 되어 오소서
장미꽃 되어 오소서

행여 오시는 길 잊으셨거든
바람결에 꽃잎 하나
그 향기 가슴에 안고 오소서

뜨락에 미소 짓는
오월의 장미여

목련화

긴 밤 깨어나
드러낸

해맑은 미소
하얀 속살

봄 처녀 뽀얀 얼굴
방긋방긋 고운 자태
부끄러운 눈빛

한 번만 봐주세요
한 번만 봐주세요

지나가는 봄바람
불러 새우고

목련화
목련화
내 이름 목련화에요

길 가던 총각
애간장을 태우네

시계꽃

째깍째깍
세월이 지나가는 소리

허공에 미끄러진 덩굴손
맺힌 땀방울에 피멍이 들어도
돌고 돌며 금빛 미소 띄우네

붉은 태양
강렬한 눈빛
온몸을 감쌀 때

달그림자 그리움 담아
고결하게 피어난
시계꽃

수선화

두 눈 감고 느껴 봐
바람이 전하는
장독대 옆 수줍게 핀
너의 미소

은은하게 퍼지는
향기를 맡으며
아침 햇살에 뽀얀 얼굴
어여쁜 수선화야

바람결 안아주면
살며시 다가와
내 마음 적시는
너

봄빛으로 다가온
보고 싶은 사랑

봄이런가
가슴 속 피어 웃는
내 사랑 수선화

털중나리 꽃

여보세요
여보세요
이 세상에서 제일가는 꽃이
저라는 걸 아시나요

척박한 산중 마른 땅
돌 틈 사이에도 희망을 주는
꽃 중의 꽃

사랑일지라도
이루어질 수 없는

나으리 왕
나으리 왕
왕관을 쓴 여왕

이보다 더 멋진 꽃이
어디 있으랴

금낭화

인적 없는 산기슭
세상의 등불이 되어 주고

아침이 오면
황홀한 눈빛으로
따스한 사랑 맞이하고

청사(靑絲)에 가린
초롱초롱 사랑스런 자태

고금을 넘나드는
어둠 속 길잡이

누구를 기다리나
바위틈에 고개 내민
사랑스러운 금낭화

내 가슴에 핀 꽃

봄비가 대지를 적시듯
내 가슴에 핀 꽃
치맛자락 붉게 물들인 꽃 나래
내게 손짓한다

그대의 향기는
뜨락에 피어난 하얀 미소
끓어오르는 붉은 심장
가슴을 태우는 오월

하늘에 무지갯빛 수를 놓아
내 마음 사로잡아 춤추며
울컥울컥 피어오른다

그리운 사랑아
시린 가슴에 피어난 꽃이여
그리움을 안고
그대 곁에 잠들고 싶어라

꽃말

만나는 인연마다
저마다 사연 하나

무엇을 말하려나

애절한 세월
사랑하는 임에게
온몸으로 내뱉는 노래

짙은 향 품어내며
전하고픈 이야기

돌아오는 계절
그 소망
바라는 미소겠지

라일락 향기 그리운 날

실바람 타고 봄은 오는가
은은히 피어나는 그대 향기
그리움 가득 내 마음 적신다

잠에서 깨어나는 봄 소리
빈 가지에 움트는 푸르름
비 지나간 자리 여린 꽃잎

따스한 햇살을 안고
쪽빛 하늘 날아오르는 작은 새
지나가는 바람결 사이로
파란 추억의 동심이 흐른다

세월이란 인연의 끈 앞에
안개처럼 피어올라
사랑꽃으로 피어나는 봄 내음

오늘은 그대 향기가
더욱 그립다

해바라기

보고 또 보아도
좋은 걸 어떡해요
우린 숙명인 것을

우주를 돌고 돌아
찾아온 이곳
당신은
여기에 있었네요

당신 따라가는 마음
그대를 향한
사랑 바라기에요

국화

산천을 물들이는
고운 미소

빈 곳을 다 채우는
감미로운 사랑

그대의
설운 아름다움
울고 싶은 임이여

가을이면
내 마음을 사로잡는
언니 같은 꽃이여

타이어 속 들국화

긴 여름 꾹꾹 참고
기다렸어
그대 올 때까지

대청호 바라보면서
가슴을 열고 기다렸지

그리움을 머금고
천천히 생명의 빛으로
네가 왔어
내 곁에

넌
소망과 인내로 피어난
앙증맞고 귀여운
타이어 속
들국화

감나무

파릇파릇 새싹 돋는 4월 식목일
세상 가장 예쁜 감나무 30그루
자갈밭 일궈 심었지

어느새 커 7년
큰 나무에 새들이 날아와
깃들이고 열매 맺으니

수확할 때가 되면
우리 부부는
활짝 핀 쑥부쟁이 꽃이 되지요

2시간 거리
고창과 정읍 어디메
인내의 결실이요
모두의 사랑으로
열매를 맺어

형제님들과 나누고
이웃을 섬길 수 있으니

이 또한 사랑이지요

꽃무릇

너를 보낸 적이 없어
만난 적도 없지만
어차피 우린 한 몸이잖아

찬 바람이 불면
불타는 사랑을 하지
밤이면 별을 노래하고
낮이면 태양을 노래하지

모두가 말을 하지
못 이룰 아픈 사랑이라고

하지만 아니야
우주를 돌고 돌아도
변하지 않는 사랑

모를 거야
누가 뭐라 해도
한결같은 마음으로
사랑하는 것을

뜨거운 단풍이여

내 곁에 피어난 꽃
쌀쌀한 바람에
더 고운 얼굴로
상큼한 향기를 피우는구나

갈바람에 나뭇잎 부르르 떨면
색동 옷 갈아입고
봄꽃보다 더 곱게
가을빛으로 피워다오

긴 세월 설렘에
시나브로 익어간 빨간 입술
첫사랑의 달콤한 입맞춤에 타오른
사랑의 꽃이여

태양은 노을빛에 너울대는데
너는 달빛에 젖어
그리움으로 피어나는구나

내 마음을 사로잡은
가을의 꽃이여

겨울 장미

오월에 피는 장미보다
한겨울 장미가
특별한 이유를 아시나요

북풍한설 아랑곳하지 않고
강인한 사랑으로
임 그리며 피어난 꽃이라오

햇살 한 움큼에
저민 사연으로 피운
사랑에 눈이 멀었나 봐요

어쩌나 어쩌나
눈이 시리도록
아름다운 꽃이여

당신을 사랑하는
님을 그리며
뜨겁게 머물다 가시구려

한겨울 진달래꽃

임 그리워 기다리나
가지 못할 사연일까

봄은 아직 먼발치
북풍은 여전한데

분홍빛 사랑 꿈꾸며
홀로 핀 진달래

시린 가슴에 아로새긴
한 겨울 꽃이여

차마 두고 가지 못할
뜨거운 사랑아

베란다 황금난을 바라보며

맑은 속살
방글방글 짓는 미소

한 송이 또 한 송이
꽃을 피우기 위해

산고의 시린 눈물
여름내내 가슴 적시며
몸을 풀었구나

곱게 피어
향기 나는 꽃만 보았지
그토록 아픔 사연
듣지 못했어라

왜 몰랐을까
꽃 한 송이 피우기 위해
그토록 아픈
눈물을 흘린다는 것을

하늘말나리 꽃

그대는 아시나요
그대는 아시나요
자꾸 하늘을 바라보는 이유를

뜨거운 태양
자꾸자꾸 당신을
닮고 싶은 제 마음을요
뜨겁게 뜨겁게 달아오르는 건

온 누리를 열정으로
사랑하는 큰 심장의 꽃을
담고 싶은 나의 심장을요

어쩌다가 하늘을 바라보니
숙명처럼 다가와
바라볼 수밖에 없는
저의 마음을 아시나요

아시나요
아시나요
붉은 심장으로 피어난 꽃을

3부

여행을 하면서

방비엥의 숨결

광야를 달리는 바위산이 손짓하고
정글을 흐르는 남쏭강이 노래하는 방비엥
천년의 신비 속에 안긴 어머니 품속이구나

시간을 뒤로하고 공간을 뛰어넘어
어릴 적 고향을 찾아온 꿈 많은 여행자들
방비엥 품에 안겨 고요 속에 잠긴다

가슴을 열고 마음껏 숨을 쉬어라
너의 슬픔 날려 보내고
작은 마을의 정적을 마음 깊이 누려라

이글거리는 높고 푸른 하늘
바람 따라 유유히 맴도는 구름
수많은 사연을 머금고 흐르는 푸른 남쏭강
뜨거운 방비엥의 숨결이 가슴을 휘감는다

태고의 신비가 녹아내린
방비엥 튜빙, 카약킹의 짚라인이 이어진
열대우림 속을 달리는 짜릿한 도전의 바람을 붙잡고
멈출 듯한 심장으로 느끼는 출렁다리의 전율
오랫동안 설렌 발길을 멈추게 한다

나는 고요하고 싱그러운 방비엥에 안겨
행복한 사람들과 손을 잡고
저무는 남쏭강 위의 붉은 물결을 바라보며
그리운 내 나라 저 먼 곳에
사랑의 꿈 하나 심어본다.

수리산 365계단

하늘이 주신 수리산에

삼백육십오 송이 철쭉꽃
일 년 삼육오일
우리들 꽃
행복의 꽃

언니 오빠 계단 놀이 즐겁고
엄마 아빠 마주 잡고 함께 걷는
웃음의 길
사랑의 길

은행나무 바람 따라
오가는 길손

까치 노래 정겨운
영원한 친구

지하철에서

역마다 발길 닿는 곳으로
내닫는 사람들
밀물과 썰물처럼 오가는 인생들
아침 저녁 쉬지 않고
제 갈 길을 간다

지하철 인파속 각각 표정들
사색에 잠긴 사람들
순수하고 해맑은 사람들
새우등을 한 채
휴대폰만 보는 친구들
잠시 가는 시간 속에
각양각색의 얼굴 표정들

우리 인생길
하루하루 지하철 타고 돌면서
희망을 향해 달린다

유성온천에서

국화 향기 맡으며
하루의 피로를 풀어 볼까

길가의 가로수는
오색단풍 물들어가고
낮달에 내 마음 촉촉이 젖네

내 안에 가득
절어 붙은 문명의 찌꺼기
몸에 파고든 미세먼지

따듯한 온천물에
코로나도 비껴가고
모두가 힘든 세상
훌훌 털어버렸으면

맑고 훈훈한 온기로
몸과 마음을 씻어내어
다시 시작할 수 있으면

죽도 상화원

(보령 팔경 '죽도 상화원'에서)

고즈넉한 소나무 숲
가득한 바다 내음
푸른 파도
바람 따라 춤을 춘다

섬인 듯 육지인 듯
고택의 신비로움
비밀의 정원
옛 숨결 그윽하다

땀을 빚어 쌓아 올린
오솔길 십자가 탑
누구의 마음인가
굳게 닫힌 세상
사랑으로 열어준다

나그네
송죽의 어우러진
회랑 길 따라
웃음소리
천혜 보물 한 아름 안고
무엇이 그리 아쉬워
발길을 붙잡는가

동화사의 풍경

동화사 처마 끝
수행하는 물고기

템플스테이 왔는가
풍경소리에 무심코 지나치니
네 모습을 동화사에서 처음 보았다

동화사 하늘에는
무한한 바다가 펼쳐지고
바닷속에서는
물고기 한 마리가 유영하고 있었다

속세에 묻은 때
맑게 씻으니

눈을 뜨자
풍경 물고기처럼
수행하며
번뇌에서 일심으로 깨어나자

봄비 내리는 대청호를 거닐며

봄비 내린다
겨우내 잠자던 대청호를 깨우며

겨울이 불러주던 노랫소리
어디로 떠났을까

봄비 내리는 소리에
호수 가득 그리움이 쌓이네

수줍은 이정표에
거니는 호숫가
이름없는 산새들도
나를 반기네

사춘기 사랑인가
봄비에 젖은 가슴
따뜻한 봄바람에
설레는 마음

아, 꿈결인가
어느새 손잡은 님
호숫가 물안개에
벅찬 숨결 나누는
사랑의 밀어

대전역 앞에서

우리
첫눈 오면 만나자
빨간 머플러에
두근거림 안고
대전역 꽃시계탑 앞에서
첫눈 오면
만나는 거야

내가 먼저 갈게
네가 앉을 벤치에
추억의 자리 하나 만들어 놓고
네가 오는 길
두 길 발자국 내며
사르륵사르륵 쌓인 눈
너를 닮은 눈사람 만들어 놓고
기다릴 거야

몇 번이고 다녀갔을
너를 생각하며
첫눈이 오면
달려가 너를 반길 거야
너도 지금 이 눈을 보고 있겠지

우리 첫 만남을 생각하니
반짝이는 별 하나

보고 싶다

옥정호의 향기

가을 산책길
해바라기 방긋방긋
코스모스 하늘하늘

황금 들판 가득한 햇살
풍요의 꽃 수놓으니
농부네 두 뺨이 벙글벙글

실개천 피라미 송사리 버들치
가을 소식에 너울너울

만산에 구절초꽃 푸릇푸릇

노란 꾀꼬리 천년학도
그 향에 젖어 노래하며
옥정호에 머무니

벗님네들
이같이 좋은 날
시향의 꽃 피워보세

청라(靑羅)

청잣빛 가을
계족산 오르는데
숲속 가득한 클래식 노래
가슴을 울린다

모락모락 피어나는
숲 향기 따라
하늘 높이 오르는
널 위한 노랫소리

음악에 반했나
푸른 담쟁이 메타세쿼이어를 안고
푸릇푸릇 꿈을 꾸듯
바람 타고
오르네

나뭇가지 사이사이
눈 부신 햇살
황톳길 수놓는데
색동옷 물든 내 마음 부르는
사랑 노래

대청호 사계

안개 자욱한 대청호
바람에 흩날리는 벚꽃 향기 가슴에 품고
창공을 향해 자유로이 비상하는
학처럼 날고 싶다

눈부신 햇살
은빛 하늘 솔 향기 담아
굽이굽이 돌고 돌아
새 소리 안고 거닐고 싶다

갈대 숲 여인
갈바람에 머리카락 날리며
사뿐사뿐 낙엽 밟는 소리 따라
설레임에 가슴 시리도록 거닐고 싶다

눈꽃 쌓인 호숫가
임의 발자국 소리 고요한데
찬 가슴 속 깊이
밀려오는 사무침과 그리움

너는
숭고한 생명을 잉태한 어머니의 자궁
밝고 맑은 하늘이 내려앉은

그 품에 잠들고 싶다

한밭 동촌

6. 25 지난 자리
피눈물 고여 얼룩진 정감에
따뜻한 맥이 서려
사람이 사람을 들이는
동아줄보다 더 튼튼한 인연

뿌리 내려 정성껏 살아온 70년

화사한 꽃
희망 풍차 돌아가는 소리
한밭 벌 영접의 동쪽 아늑한 마을
황홀한 맹목성(盲目性)이 차고 넘쳐
사람 냄새 물씬 대동마을

아!
동촌에는
사람이 산다

바다 1

처얼썩 철썩 척
넌 나를 이토록 기다렸구나

내 마음 반겨주는 파도 소리
난 너를 보듬기 위해 이렇게 달려왔다

드넓은 지혜를 담은 만해(萬海)
낮고 낮은 마음

처얼썩 철썩 척

은빛 고운 빛깔
너와 내가 하나 되어
만법(萬法)을 안고 춤을 추고 있구나

바다 2

쪽빛 망망대해는
엄마 품속 같은
소녀의 꿈과 희망을 잉태해주던 곳

삶의 기쁜 순간에도
어려운 시련이 나를 힘들게 하여도
내 작은 마음에
힘과 위로가 되었지

사소한 일로 고난에 처하면
친구처럼 격려해 주며
외롭다고 투정하면
애인처럼 나를 감싸주던

어느덧 중년
그 시절 함께 거닐던 앳된 소녀
바다가 더욱 그리워
노스탈쟈의 손수건
떠 올려 본다

함께 노래하리

그대와 노래하며
기쁘게 길을 가리
노래 없는 삶은
의미가 없다네
행복이 없다네
나는
노래하리
노래하리
그대와 노래하며
오늘을 걸어가리

그대와 노래하며
기쁘게 길을 가리
노래 없는 삶은
의미가 없다네
행복이 없다네
나는
당신을 향하여
사랑을 노래하며
행복을 노래하며
이 길을 걸어가리

왜 몰랐을까

어느 날 남편에게 물었다
글을 쓴 지 오 년
시집 하나 낼까요

아니 얼마나 썼다고 벌써 시집을 내
남 보여주려 내려는가
좋은 글을 써야지
가슴 한구석 짓누르는

남편이 독자임을 몰랐다
시집 많이 냈다는 게 자랑은 아니지

후끈거리는 맘 겨우 참고
종일 머릿속에 산 하나를 안고
맴돌고 또 맴돌고

내 글 언제 한편이라도 써 볼까

황간 월류봉

구름 따라 바람 따라
흘러가다 달이 잠든
월류봉 아래

초천강 맑은 물
굽이굽이 흐르는데
깎아지는 절벽 위에
달빛 벗 삼아

산천을 바라보니
무릉도원이 따로 없네

한천정사에 앉아
물소리에 취했노라
흥취에 젖어
시 한 수 읊으니

강물에 비친 달빛
팔경 위에 춤을 추네

내려놓음

혼탁한 욕심
비우고 내려놓으니
우리 부부 사랑
한 무더기 돌탑 되었네

4부
울 엄마

고향의 향기

오월의 푸르름 안고
하얗게 부풀어 오른

구수한 향기 품으며
피어오른 아카시아꽃

산기슭 언덕 위
속살 드러내며
포도송이처럼 싱글싱글
고개 숙인 그리움

대청호 굽이굽이 넘실대는 꽃향기 따라
사뿐사뿐 다정한 숨결을 나누며
사랑의 밀어 뿌린 곳

이제 그 열매 가슴에 안고
그대와 함께 걷고 싶다

그대를 생각하면

그대를 생각하면

햇살처럼 따뜻하고
엄마 품처럼 포근하고

칼바람 윙윙거리던 어느 해 겨울
달콤한 입맞춤
머릿속은 온통 그대뿐

가슴 가득 당신 사랑
풍선처럼 터질 것 같아
사랑하는 당신 곁으로
바람처럼 달리고 싶다

까만 하늘 수 많은 별
그대 찾을 수 없어
헤메이던 나

이제야 알았네
오랜 세월 잊고 지낸 저 별이
바로 그대라는 걸

가끔은

가끔은
그대 있음을 알 수 있게
고운 향 보내 주세요

다시 볼 수 없는 그리움이라 할지라도
언제나 내 곁에 머물겠다는
약속 남겨 주세요

보이지 않는 바람
온몸으로 부대끼며 우는
나무처럼

아쉬움으로 남는다고 해도
탓하지 않을래요

가끔은
그대의 향기 내려놓아 주세요
내 짧은 기억 속에 영원히
그대를 잊지 않게

별이 될까

슬픔 한 조각으로 배를 채우고
쓸쓸한 편지라도 써 볼까

사랑하며 보낸 시간보다
외로이 보낸 시간이 많았는지

그대 뒷모습에 새긴 노을 하나
슬프도록 살아남긴 사랑의 추억 한 줄

눈 감은 저녁 하늘 아래
별 하나가 웃는다

그대 뒷모습엔 온통 그리움뿐인데
바람 잡고 물어 볼까

그대와 사랑을 함께한 시간보다
그리운 날이 많았는지

노을

너무 뜨겁다
나도 너처럼
맘껏 불타 올라
그렇게 살기로 했다

떠날 수 없음으로
보내야 할 시간
널 향해 울먹이던 가슴

이별이 아쉬워도
사랑하므로 보내야 하는

가더라도
아름다운 추억은 남겨 두리
언젠가 다시 사랑할
그날을 위하여

영원한 사랑이여
어디에 있더라도
잊지 말자
너무 뜨거운 우리 사랑

내 이름을 부르기에

누군가 내 이름을 부르기에
설레는 마음으로 창문을 열었지
하늘 가득 날리는 벚꽃
활짝 웃으며 나를 부르네

옷고름 고이 접은 하얀 목련화
사랑을 그리는 새색시인듯
하얀 손수건 흔들며
싱그러운 눈빛으로 나를 바라보네

누군가 내 이름을 부르기에
사랑문 열고 봄 마중 나갔지
들녘에도 산비탈에도 날리는 눈꽃
하늘거리며 나를 반겨주네

당신

쓸쓸한 밤하늘
누구일까
밝혀 줄이

긴밤
내 마음에 피고 진
당신이란 꽃

찻잔 속 그대 향기

기웃거리는 아침 햇살
소리 없는 향기

창가에 하염없이 휘날리는 눈발
추억 하나 떨구어

찻잔 속 맴돌다가
사르륵 사르륵
그리움이 스며드니

그윽함은 겨울잠 깨우고
조급한 마음 여유롭게 잠재우고
찬바람은 가슴을 향해 부는데

창밖 겨울을 우는 동백꽃
가녀린 허리춤
눈 덮인 나뭇가지 끝
곱게 손 내민 그대는 누구인가

하얀 겨울 마주앉아
지금 차 한 잔에 젖어
창밖 그대 그리며
추억을 마신다

가을비

갈바람에 스며드는 가을비
산산이 기운을 머금고
붉게 물든 단풍, 속 빛을 풀어낸다

사그락사그락 양탄자 길에
촉촉이 젖은 빗방울
여기저기 흩어져 애잔하구나

우산 속 옷깃 여민 사람들
애연이 넘어가는 걸음걸음
홀연히 사라진 그리움을 밟는데

가을비를 타고 날아오는
곱게 물든 단풍 한 잎
가을의 끝자락이 애처로이 춤을 춘다

가을과 겨울 사이

해야 할 사랑을 다 하고
이제는 쉬어야 할 시간

아직 못했다면
더 지나기 전에
다시 하고픈 미련

착각의 숲에서 만나
우연을 필연이라 여기며
위로받고픈 연민

가난하다고
그리움이 없겠냐고
사랑을 모르겠냐고
어느 시인을 읊조리며
떠나는 낙엽처럼 애처로이 맴돌다

마음이 닮은 그런 사람을 만나
크게 한번 웃어보고 싶은

가을과 겨울
그 짧은 사이에

연향

누가 뭐라 하겠니

예쁜 마음 하나뿐인 너
생각만 해도
하냥 좋아라

가슴으로 피어난 꽃은
영원히 시들지 않는다

진흙 속에서도
인고의 세월 올렸어라
벌떡 일어나 꽃잎 푸르렀던
널 잊을 수 있으랴

꽃 지고 잎 진다 한들
어찌 잊을까
세상에 울림은 사라졌어도
은은한 향 먼 곳에 이르네

만추

10월 어느 갠 날
어린아이 눈웃음으로 흐르는
청아한 하늘 가슴에 안고 걷노라면
국화꽃 향기 황금 미소는
보석처럼 빛나고
옥구슬 품은 갈색 바람은
익어가는 들녘을 고르고 있다

치마폭 한들거리는 코스모스
어서 와 사랑의 꽃길 만들자 하는데
색동옷 고운 단풍은
조용히 기대고 서서
사진 한 장 남기라고 하네

그리움에 물든 가슴
꼭 만나고 싶은
그대 생각에
이 아름다운 풍경
생명이 여물어가는 계절이라고

사랑의 시를 쓰고 있네

폭우

회전목마 돌아가듯
어지러운 세상사
얼마나 분노했으면
눈물 펑펑 쏟아 낼까

가벼운 혀로 서민들 조롱하고
뱀처럼 진실의 경계 무너뜨렸다

평화로운 세상
햇살처럼 빛나야 하는데
국민의 마음
갈대처럼 흔들어 놓고

양치기 소년처럼 변화무쌍
하늘도 얼마나 화가 났으면
양동이로 쏟아부을까

민심이 천심
정치는 맑은 공기와 같고
어머니 품속 같아야 하지 않은가

손국수 한 그릇

시골 마을
해는 저물어 가고
어머니는 마루에서
밀가루 반죽하여 홍두깨로 밀었다

돌담 위 자라는
애호박 하나 따다가
듬성듬성 썰어서 끓였던
손국수

몇 가지 반찬에
어머니 마음 같은 국물이
입맛 돋우던 손국수 맛

그땐 그랬다
어려웠던 시절 우리 육 남매
어머니 손맛 잊을 수가 없다
어머니는 지금 곁에 없지만
그 추억이 눈앞에 선하다

"어머니
어머니가 해주시던

손국수 먹고 싶어요"

오늘 같은 무더운 여름날
어머니의 손맛 담긴
홍두깨 손국수 한 그릇이 그립다

꽃

서른아홉
어머님의 치매로
수몰되어 버린 암담한 가슴에
안겨주었던 한 송이 꽃

딸 둘 아들 하나 뒷바라지도 힘겨웠는데
어머님까지 치매라니

요양원 아른거리는 산막이길에서
여보 미안해 힘들지
두손 감싸 가슴에 안겨 준
당신의 미소

지금도 피어 있습니다

어머님께서 주신 마지막 선물
당신이 받아 나에게 준
그 한 송이 꽃

지금도 내 안에서 시들지 않고
피어있는 그리운 사연
사랑의 힘입니다

해바라기 가족

우리는 해바라기 가족
아버지, 어머니
그리고 일곱 자식들
가슴에 품어 별을 만드셨다

첫째 아들, 첫째 딸
둘째 딸, 둘째 아들
셋째 딸, 넷째 딸
막둥이 일곱 번째

촘촘한 별들 사이
아들딸딸 아들딸딸 아들 세워 놓고
북두칠성 북두칠성 하시며
반짝이게 하셨다

끝이 없는 부모님 사랑
영원토록 지우지 말라고
별빛 한 줌 그리고
한 줌

오늘도 내 가슴에 보석처럼 빛난다

결혼 축시(祝詩)
– 사랑하는 큰딸 결혼을 축하하며

인연의 끈으로 둘이 하나가 되어
진실과 이해로써 두 사람은 지성으로 아끼고
평생을 함께하는 동반자

여러 어른들과 가족 친지들을 모시고 서약을 맺는 이 순간 바
이칼 호수의 명경지수처럼
티 없이 해맑은 마음으로 새롭게 출발하는 신혼부부에게
축하의 박수를 보내며 예의와 겸손 배려와 존경을 생명으로 알
리라

기나긴 세월~~~
그리움의 끝에서 만난 참 고귀하고 아름다운 두 사람
혹한에 행여 몸이 시릴 때도
야윈 가지마다 포근히 내려앉은 따사로운 햇살이 있기에
나목은 결코 쓸쓸하지 않다
비록 가난하지만 사랑은 찬란히 빛나고 복된 것이기에

멀리 있었으나 서로의 눈빛을 알아볼 수 있었기에
어둠에서도 서로에 다가갈 줄 알아
이 순간 드디어 둘은 손목을 잡는다
백옥같이 순수하고 찬란한 눈빛이 묻어나는 두 사람

밤하늘의 달빛 같은 사랑은 소유가 아닌 동반자로 삶의 어떤
고난에도 손을 놓지 않으리라

서로의 두 눈을 고요히 바라보며
말하지 않아도 한 목표를 향해 묵묵히 걸어가며
수채화처럼 아련히 번지는 꿈의 파편들이
둘이 하나로 상통할 때
두 사람은 비로소 행복했었다고 말하리라.

영원히 사랑하는 엄마가...

2020년 12월 20일

첫 아이 시집보내던 날

엄마가 그리웠다

장롱 속
연분홍 치마
우리 딸 시집갈 때
입을 거라며
엄마 시집올 때 입으셨던
연분홍 치마저고리

내가 시집가던 날
엄마는
밤새 눈물 흘리셨다

홀로 살아온 세월
딸 시집보내는 게
그리도 자랑스러웠나보다

결혼 축시(祝詩)
– 사랑하는 둘째 딸 결혼을 축하하며

사랑하는 윤하야

이제 떠나는구나
사랑하는 가족 품에서 영원한 반려자의 품으로
떠나는구나

우리 부부의 사랑의 결실로 네가 태어나던 날
그날의 기쁨을 어이 잊을 수 있겠느냐
천금만금 보다 더 예쁘고 귀했지
너의 웃음은 우리들의 행복이었고
너의 아픔은 우리들의 슬픔이었단다.

우리들의 행복이었고 기쁨이었던
윤하야, 네가
어느새 다 자란 한 마리 새가 되어
이제는 새로운 둥지로 날아가는
오늘
엄마는 너를 보내는 아쉬움과 슬픔과
어리기만 했던 네가 홀로 서서 세상에 나간다는
자랑과 기쁨이 함께 밀려오는구나

이 시간이 지나면
인연의 끈으로 둘이 하나가 되어
지성으로 아끼고 영원히 함께할 평생의 동반자요
서로서로 의지하고, 아름다운 가정을 꾸릴 동반자인
너희들만의 세계로 가는 너에게
한없는 사랑을 보낸다.

윤하야
사랑하는 내 딸아
우리들의 둥지에서 너희들의 둥지로 네가 떠난다 해도
너는 언제나 우리들의 사랑하는 딸, 동생, 누나란다
우리는 한 시도 너를 잊지 않고 너를 기억하고
너희들이 행복하기를 기도 할 것이다.

사랑하는
주회야
우리 딸 윤하와 깊은 인연을 맺게 되어 매우 기쁘다
윤하에게 더 없이 훌륭한 한 짝이 되어 고맙다
세상이 아무리 험하다고 해도
엄마는 믿는다.

하늘이 맺어준 고귀한 인연이 끝없이 계속되어
웃음꽃이 가득한 가정이 되고
사랑으로 충만한 가족이 되고
행복과 기쁨이 너희들에게 오래오래 머물 것을

엄마는 믿는다.
오늘 이 자리에 어렵게 참석하신 모든 분도
너희들이 아름답게 세상을 살아가는 모습을 지켜보고
성원해 주실 것이다.

윤하야, 주회야
엄마는 언제나 변함없이
너희들을 사랑하고 지켜 줄 것이다
멀리서 너희들의 아름다운 모습을
한시도 잊지 않고 지킬 것이다.

언제나 사랑한다

영원한 너희들의 엄마가

2023년 4월 2일

우리 엄마

거친 세파에
자식들 낙오될까 봐

새끼 꼬듯 한 몸으로 엮어
내리사랑 다독이며

한평생 해바라기처럼
우리들만 보며 살아온 인생

울 엄마

세월이 흘러도
가슴에 묻혀
천만 번 부르고 싶은
울 엄마

둥근달 뜨는 밤이면
소나무 사이 저 달은
하얗게 미소 짓던
다정했던 당신

맑은 숨결로
하얀 매화꽃처럼
고운 향 가득하던
아름다운 친구

지치고 힘들 때
힘내라
꼭 안아주시고
옛이야기 도란도란
꿈 실어 주신
울 엄마

보고 싶어도
볼 수 없는 당신
불러도 불러도
메아리만 울리는 당신
빈 가슴에
그리움만 가득하네

송미순 시인의 첫 시집 〈태양은 솟는다〉

사랑의 꽃을 품은 행복의 시학

1. 시작하며

오늘을 여는 여명의 빛이 가슴을 두드리니 태양의 빛이 축복의 빛으로 온 누리에 내린다.

사계절의 숨결로 새 생명의 모습이 변화되어 가는 깊은 밤, 달빛 그리고 별빛이 잠든 나의 영혼을 깨우고 있다. 고요함에 젖어 며칠 전에 보내온 출판 원고를 마음을 추스르면서 목마른 가슴에 서정의 감로수를 마시듯 꿀꺽거리고 있었다.

급변하는 21세기를 '뷰카(VUCA)'라는 말로 대변하기도 한다. 뷰카란 변동성(volatility), 불확실성(uncertainty), 복잡성(complexity), 모호성(ambiguity)이란 첫 글자를 융합한 의미로 4차산업혁명 사회의 기초환경을 이루어가는 새로운 삶의 변화를 표명하고 있다. 여기에 부응하는 인간은 혼돈의 가치관 속에서 편리함과 위험이라는 이분법적 현상의 흐름 속에서 정신적, 육체적으로 입은 상처를 위로와 치유와 회복이라는 명제를 안고 살아가고 있다.

이 가파른 현대사회에서 시를 쓴다는 것은 자아발견, 자아성숙을 위한 깊은 고뇌의 시간을 갖는 고난의 길이기도 하다. 이러한 시는 자기 인생에서 최상의 체험으로 얻은 값진 여정을 형상화한 문학적 소산이기 때문이다. 이런 시를 쓴다는 것은 서정적, 영성적 자아로서의 시 세계를 펼치기 위한 무한한 자기희생의 힘, 도전의 힘, 변화의 힘을 "예"라고 받아들이는 긍정과 공감의 힘이 있어야 한다.

이러한 의미에서 송미순 시인의 이번 첫 시집의 시심을 읽는 감회가 새롭다.

자기다운 시, 자기다운 옷을 입고 자기 영혼의 노래를 창작하기 위해 그동안 직장생활을 하면서 주경야독(晝耕夜讀)의 자세, 석경(石耕)의 정신으로 평소 즐겨 읽고 쓴 문학소녀의 재능을 살려 틈틈이 메모한 씨알 같은 작품을 모아 봄의 향기 피워내듯, 태양이 솟아오르듯 삶과 문학에 대한 강한 신념과 의지의 시인 정신을 보여주고 있기 때문이다.

송미순 시인은 시에 대한 감각적 리듬으로 시를 연주할 줄 아는 사유의 멋과 맛이 새봄 향기를 음미하듯 하였다. 시집에 상재된 작품을 일별해 보면 모두가 한결같이 자연스러운 시적 언어, 완숙한 삶의 이미지 분출, 섬세함과 순간 포착의 예리한 통찰력을 보여주고 있다.

그뿐만 아니라 작품마다 인생의 값있는 가치로서의 체험을 시화(詩化)함에 있어 한 장의 시어를 쌓기와 허물기의 반복이라는 과정에서 언어의 새집인 시 창작을 함에 심혈을 기울여 꾸준히 노력해 왔음을 엿볼 수 있었다. 여기에는 현상과 본질, 사유와 관념의 이미지를 융합하는 성찰력과 순수한 생명의 힘이 흐르고 있었다.

송미순 시인은 자신의 약력에서 보여준 바와 같이 2017년에 계간 『한양문학』에서 시로 등단한 후 『21문학시대』에서 동시, 『대한교육신문사 신춘문예』에서 기행시등 여러 문예지를 통해 등단하였다. 이후 열정적으로 작품활동을 펼치며 〈한양문학상 – 부산영호남문인회 동시 대상 – 대한교육신문사 동시 수상〉을 비롯하여 법무부장관상을 비롯한 사회 각계에서 영광의 표창장을 받았다. 한편으로는 각 문학단체에서의 활동뿐 아니라 대전지역을 중심으로 한 전국적인 문학전문지인 계간 〈문예마을〉 편집주간의 역할을 담당하면서 끊임없이 이어온 창작의 열정은 이번 첫 시집으로 『태양은 솟는다』를 출간하는 것이다. 이는 시인으로서의 도전, 시인으로서 한 매듭, 새로운 물길을 열어가는 것이다. 순백한 향기며, 봄빛이며, 간추어둔 시어들의 축제 마당이 되는 것이다.

2. 행복과 감사의 시학

현대사회를 반영할 시대 상황에서 인간의 내면에 깊이 자리한 본질적 욕구요 최고의 가치가 있다면 그것은 보편적 소망인 행복을 추구하는 것일 것이다. 이는 인간의 삶을 향한 사랑의 나눔이요, 베풂이요, 감사의 마음이기 때문이다. 이 감사의 마음은 영혼에서 피어난 가장 보배로운 행복의 꽃이기 때문이다.

'행복'은 현상과 본질을 대상으로 기쁨과 만족, 곧 안분지족(安分知足)의 애틋한 감성, 정서적 동일성을 염원하는 자유의지요, 참 나의 마음일 것이다. 그래서 가장 행복한 사람은 누구일까를 찾는 것보다 시공을 초월하여 믿음 안에서 희생과 감사함을 즐기는 것이다.

송미순 시인은 사랑과 행복을 이성과 감성의 조화로운 작용으로 포용하고 있다. 이러한 포용의 힘은 삶을 긍정적인 생각에서 찾은 행복으로 이끌어 주고 있다. 이처럼 행복이란 삶의 의미와 가치를 체험하게 한 생명력이요, 희망의 힘이요, 자유의지다. 이러한 의미의 상징성이 담겨 있는 다음의 시 「행복 계단」에서 그의 시 세계를 펼쳐보기로 한다.

내 가슴에 쌓아 온
행복 계단

한 걸음 한 걸음
이십팔 년 함께 한 남편
사랑하는 두 딸과 아들

날마다 지극 정성
찬양과 기도로
하느님 향한 간절한 간구

행복의 계단
기쁘게 오르라고
굳세게 잡아주시는 온화한 손길

생명의 빛으로 오신 분
섬김과 감사로
주님을 흠숭하는 뜨거운 가슴
행복의 계단을 오르는

자애로운 마음

– 「행복 계단」 – 전문

　송미순 시인은 행복이라는 인가 최고의 가치를 가장 가까운 가정에서, 믿음 안에서 찾고 있다. "내 가슴에 쌓아온 행복의 계단"은 하느님을 향한 신심에 바탕을 둔 소망이자 희망으로 봄빛에 피어나는 새움처럼 〈한 걸음 한 걸음 – 날마다 – 찬양과 감사〉라는 심미적 이미지를 통해 영혼의 잠재의식을 일깨워 순수한 행복의 삶을 누리고 있다. 따뜻한 시선으로 바라본 행복의 이미지를 승화시켜가는 시적 감각이 생동감을 주고 있다.

　행복의 계단, 내 마음의 계단을 향해 한 걸음 한 걸음 "기쁘게" 오르는 시인의 내면에서 참 행복의 심상(心象)을 엿볼 수 있으며 "굳세게 잡아주신 온화한 손길"를 통한 신앙적 감각에서 자아성찰의 힘과 겸허히 받아들이는 간절함을 드러내고 있다.

　더 나아가 행복을 "생명의 빛"을 받은 몸으로 "섬김과 감사"를 바치는 "흠숭하는 뜨거운 가슴"에서 찾고 있다. 인간과 신과의 친교를 통해 행복한 사람이 된다는 신심의 감정이입으로, 신앙인으로서의 받아들임의 자세를 진술하게 보여주고 있다. "행복의 계단을 오르는" 사람이 된다는 것은 삶의 본질이요 가치요 한 생명의 소망이요 희망의 빛임을 "자애로운 마음"으로 보여주고 있다.

　이처럼 인간의 무한한 욕구요 최고의 가치인 행복을 은밀한 자아성찰의 심상으로, 깊은 사유의 상상력을 펼쳐 동경심(憧憬心)으로, 신앙심으로 형상화 시켜 이끌어 주고 있다. 이러한 점은 다음의 시 「생명의 나눔」에서 더 깊이 느낄 수 있다.

사랑의 숨결 밝은 미소가 보기 좋습니다
괜찮으세요
온몸을 순환하는 통로
일곱 개의 번뇌와 열두 개의 신경계가
뜨거운 파장을 일으키며
혈맥이 뛴다

지구를 두 바퀴 돌고도
반 바퀴를 더 돌 수 있는 내 안의 혈관
솟구치는 실핏줄 따라
한순간 전율이 부르르 떨며
붉은 피는 순백의 강물처럼
생명 나눔으로 흐른다

고통받고 시들어가는 한 생명 앞에
나의 작은 사랑의 핏빛 나눔은
생명 존중의 실천이니

희망의 생명은
또 다른 새 생명으로 탄생하는
거룩한 감사의 숨결
너와 나를 품고
우리 안에 피어난
행복 나눔의 꽃이다

- 「생명의 나눔」 - 전문

송미순 시인은 자신이 하는 헌혈 봉사 활동에서 일어나는 일을 시화(詩化)하면서 인간의 최고 가치인 또 하나의 생명나눔을 노래하고 있다. 〈사랑의 숨결 - 밝은 미소〉로 대하는 헌혈자 앞에서 시각적인 감각을 초월하여 뜨거운 혈맥을 느끼는 영성적 감각을 통해 사랑과 행복의 동일성을 느끼게 한다.

그 안에서 시인의 삶에 대한 통찰력과 그것을 대하는 진솔함 그리고 삶의 속살을 투영해 볼 수 있다. 내 안의 흐르는 피는 〈붉은 피 - 순백의 강물〉처럼 흘러 "생명으로 흐른다"라는 절규에서 인간에 대한 관찰, 간절함과 열정, 그리하여 삶을 향한 따뜻한 시선과 삶에 대한 긍정과 생명에 대한 존귀함을 공감하게 한다.

이 생명의 힘은 죽음의 운명 앞에 맡겨진 한 생명을 위한 "사랑의 핏빛 나눔"으로 고귀한 새 생명의 빛으로 동화되어 나아가는 시심은 〈희망의 생명 - 새 생명의 탄생〉이라는 또 다른 생명의 고귀함을 찾아주는 감동과 긴장감으로 다가오게 한다. 여기에서 헌혈이라는 사랑의 실천 운동은 "너와 나, 우리"가 같이 동참하여 메마른 우리의 가슴에 "행복 나눔의 꽃"을 피우는 간절한 소망임을 찬미하고 있는 것이다.

3. 꽃과 사랑과 그리움의 시학

송미순 시인의 '꽃'의 이미지는 자연의 대상으로서의 꽃과 사랑과 그리움의 가슴에 핀 꽃으로 대상과의 정서적 동일성을 추구하고 있는 서정시로 공감을 주고 있다.

불확실성의 현실, 급변하는 현실, 다변화의 현상 앞에서 불안하고 초조한 정신적 고뇌 속에 살아가는 우리에게 새로운 희망

의 삶, 새 생명과 사랑의 의미를 부여하는 힘, 동기유발의 힘을
상기시켜주고 있다.

'꽃'에는 부정적 사고의식에서 긍정적 사고로의 변화의 힘을
드러내고 있다. 송미순 시인의 '꽃'은 자연과 인간과의 교호적
관계를 자연스럽게 형상화한 솜씨가 돋보여 진한 감동을 준다.
꽃과 사랑과 그리움의 동질성을 통해서, 우리 삶에 대한 통찰력
을 발휘하기 위한 열정을 드러내고 있기 때문이다. 시인은 꽃의
본질에 대하여 공감각적으로 표현하고 있다. 꽃과 사랑의 느낌
을 서정적인 향기로 받아들이면서도 밖으로 드러내지 않는 향기
로 상징성을 표출하고 있다. 이러한 이미지를 품은 「내 가슴에
핀 꽃」을 감상하면서 그의 시 세계를 펼쳐보기로 한다.

봄비가 대지를 적시듯
내 가슴에 핀 꽃
치맛자락 붉게 물들인 꽃 나래
내게 손짓한다

그대의 향기는
뜨락에 피어난 하얀 미소
끓어오르는 붉은 심장
가슴을 태우는 오월

하늘에 무지갯빛 수를 놓아
내 마음 사로잡아 춤추며
울컥울컥 피어오른다

그리운 사랑아
시린 가슴에 피어난 꽃이여
그리움을 안고
그대 곁에 잠들고 싶어라
　　　－「내 가슴에 핀 꽃」 － 전문

　인생길에 꼭 해야 할 일, 가치 있는 일, 숙명 같은 일이 있다면 사랑의 꽃향기를 가슴에 품은 것이리라. 사랑의 꽃을 피우지 못한 인생, 못다 한 사랑으로 고뇌에 쌓인 영혼을 위로하고 치유하는 희망의 꽃향기를 피우려는 심경으로 "내 가슴에 핀 꽃" 향기를 〈그리움의 향기 － 하얀 미소 － 붉은 심장〉의 시적 이미지를 통해 영원을 향한 그리움의 열정으로 태우고 싶은 것이다. 텅 빈 가슴에 "무지갯빛 수를 놓아" 춤사위에 피어난 꽃, 사랑의 꽃을 "시린 가슴에 피어난 꽃"으로, "그리움"의 마음으로 형상화해 순수한 감동을 느끼게 한다.

　송미순 시인은 사랑과 그리움은 순간성과 영원성이라는 감정변화가 함께 작용하고 있음을 깨닫고 있다. 그는 "가슴에 핀 꽃"을 품고 "그대 곁에 잠들고 싶다"라는 애절한 절규로 위로와 치유 그리고 영원을 향한 희망의 세계를 그리고 있다. 사랑과 그리움의 의미를 꽃이라는 이미지를 통해 형상화되고 있는 거룩한 사랑의 시 정신을 보여주고 있다. 이러한 꽃향기는 다음의 시「꽃무릇」에서도 다시 애틋한 향기를 느낄 수 있다.

너를 보낸 적이 없어
만난 적도 없지만
어차피 우린 한 몸이잖아

찬 바람이 불면
불타는 사랑을 하지
밤이면 별을 노래하고
낮이면 태양을 노래하지

모두가 말을 하지
못 이룰 아픈 사랑이라고

하지만 아니야
우주를 돌고 돌아도
변하지 않는 사랑

모를 거야
누가 뭐라 해도
한결같은 마음으로
사랑하는 것을

- 「꽃무릇」 - 전문

　송미순 시인은 〈보낸 것도 - 만난 적도〉 없는 인생의 여정에
서 그래도 잊을 수 없는 연모의 정으로 맺은 "한 몸" 이었음을 받
아들이고 있다. 숙명적인 현실 앞에서 물질적인 꽃과 정신적인
연정을 있는 그대로의 모습, 향기를 드러내 보인 꽃, 연모의 꽃
인 "꽃무릇"의 이미지를 통해 애절한 사랑을 노래하고 있다.
　꽃무릇을 바라보는 인간적인 눈, 시간적인 차원을 넘어 인간의
존재론적 유한성 앞에 "불타는 사랑"을 〈별 - 태양〉이라는 순
수하고 열정적인 정한(情恨)의 아픔을 속 가슴에 품고, 보고픔과

만남의 잠재의식 속에 살아가는 애달픈 현실을 서정적 감각으로 자연스럽게 표출하고 있다.

인생의 여정에서 혼자이면서도 혼자가 아님을 절감하면서 천생연분으로 맺은 사랑이기에 가슴으로만 그리워하는 무언의 사랑, 밀어의 사랑이지만 시간의 흐름 속에서 "변하지 않는 사랑", 영원성을 염원하는 불이(不二)의 정(情), 간절한 그리움의 정을 노래하고 있다.

이는 역설적으로 사랑의 본질과 가치를 은은하게 부각(浮刻)시켜주고 있다. '꽃무릇'은 바로 시인 자신이 품고 있는 님을 향한 시들지 않은 영원한 꽃으로 승화시켜 "한결같은 마음", 순애보의 심성을 잔잔한 감동으로 영혼의 빛, 행복한 향기를 드러내 보이고 있는 것이다.

4. 여행과 자아발견의 시학

인간이 살아간다는 것, 인생 여정에서는 내가 나그네가 되어 무한한 관계 속에서 신비한 체험의 흔적을 쌓아가는 것이다. 그러기에 인간은 여행이라는 새로운 세계에서 자신에게 더 가까이 가고 싶어 그 길을 찾아가는 것이다. 지금껏 찾지 못한 나를 찾아 미지의 세계를 향해 걸어가는 것이다. 나를 찾는 종착점으로 가는 것이 목적이 아니라 찾아가는 그 여정에 자기를 발견하고 다시 돌아옴이 있기 때문이다.

여행은 자연과의 소통이요, 세상과의 교감하는 모습을 그린 자아 성찰의 시간으로 자기 존재의 가치와 삶의 의미를 깨닫고 무한한 새로운 힘을 받고 돌아오는 것이기도 하다. 여기에서 자연의 순리, 세상의 이치, 인간의 의지를 알게 된다.

이런 의미에서 송미순 시인은 여행을 통해 새로운 변화를 추구하고, 새 생명의 광야에서 새 생명의 힘을 받아 내 삶을 헤쳐가야 할 도전 의식과 지혜의 힘을 얻으려는 시심을 보여주고 있다.

광야를 달리는 바위산이 손짓하고
정글을 흐르는 남쏭강이 노래하는 방비엥
천년의 신비 속에 안긴 어머니 품속이구나

시간을 뒤로하고 공간을 뛰어넘어
어릴 적 고향을 찾아온 꿈 많은 여행자들
방비엥 품에 안겨 고요 속에 잠긴다.

가슴을 열고 마음껏 숨을 쉬어라
너의 슬픔 날려 보내고
작은 마을의 정적을 마음 깊이 누려라

이글거리는 높고 푸른 하늘
바람 따라 유유히 맴도는 구름
수많은 사연을 머금고 흐르는 푸른 남쏭강
뜨거운 방비엥의 숨결이 가슴을 휘감는다

태고의 신비가 녹아내린
방비엥 튜빙, 카약킹의 짚라인이 이어진
열대우림 속을 달리는 짜릿한 도전의 바람을 붙잡고
멈출 듯한 심장으로 느끼는 출렁다리의 전율

오랫동안 설렌 발길을 멈추게 한다

나는 고요하고 싱그러운 방비엥에 안겨
행복한 사람들과 손을 잡고
저무는 남쏭강 위의 붉은 물결을 바라보며
그리운 내 나라 저 먼 곳에
사랑의 꿈 하나 심어본다.
　　　　　－「방비엥의 숨결」－ 전문

　송미순 시인은 방비행의 여행길에 자연 현상과의 교감에서 천
년의 신비를 찬미하듯 찰나적 감동과 긴장감의 연속성을 보여주
고 있다. 〈광야 – 바위산 – 정글 – 남쏭강〉으로 이어진 풍광에
서 "어머니의 품속"을 느끼고 있다. 여러 나라 여행자들과의 관
계에서 이방인이라는 낯설음 보다는 다 함께 "고향"을 찾아온
동행자로 받아들이는 시인의 열린 마음, 보편적 사랑의 힘을 엿
볼 수 있다. 또한 송 시인은 "가슴을 열고, 슬픔을 날리고, 작은
마을, 고향 같은 꿈"에 잠긴 마음으로 이국땅의 정취에 동화되어
만끽하고 있다. 이는 시인만이 느끼는 감수성일 거다.
　광야에 펼쳐진 태고의 신비 앞에서 새로운 도전의 힘을 얻고
생의 전율을 느끼고 있다. "행복한 사람들과 손을 잡고" 끝내는
머물지 않는 여행, 돌아가야 할 여행길에서 무한한 자연의 신비
와의 만남을 통해 인생의 존재와 가치, 더 나아가 인류애, 나라
사랑을 깨닫고 겸양지덕(謙讓之德)의 여인상을 보여주고 있다.
　그는 여행을 통한 새로운 비전의 힘, 자아발견과 자아 성찰로
이어지는 "희망의 꿈"을 가슴에 품고 살아가고픈 심경을 노래하
고 있다. 이러한 열정은 다음 「죽도 상화원」의 여행길을 통해 더

자연스럽게 형상화되어 공감을 주고 있다.

고즈넉한 소나무 숲
가득한 바다 내음
푸른 파도
바람 따라 춤을 춘다

섬인 듯 육지인 듯
고택의 신비로움
비밀의 정원
옛 숨결 그윽하다

땀을 빚어 쌓아 올린
오솔길 십자가 탑
누구의 마음인가
굳게 닫힌 세상
사랑으로 열어준다

나그네
송죽의 어우러진
회랑 길 따라
웃음소리
천혜 보물 한 아름 안고
무엇이 그리 아쉬워
발길을 붙잡는가
　　　　　　　　－「죽도 상화원」－ 전문

송미순 시인은 일상 안에서 여행이라는 또 다른 만남의 시간을 통하여 자연과 교감하고 융화하는 순환의 존재를 체험하고 탐색하는 여유로움을 즐기고 있다. 자연 속의 상화원을 새로운 만남의 존재로 변화시켜 주는 상상의 힘 곧 상화원의 절경을 함축미와 형상화를 살려낸 시심(詩心)이 서정적 감흥을 높여주고 있다. 그 감동은 〈고즈넉한 소나무 숲 – 바다 내음 – 파도〉의 이미지를 통해 순간 포착의 시선을 "춤을 춘다"라고 노래하여 시적 감성을 한층 높여주고 있다.

상화원의 정경을 〈고택의 신비 – 비밀의 정원 – 옛 숨결〉이라는 시적 언어를 통해 심미적, 서정적 표현능력을 돋보이고 있다. 이러한 시선은 인생길에서 자기만이 체험하고 삶의 의미와 가치를 〈땀 – 오솔길 – 십자가 답〉에서 "굳게 닫힌 세상"을 "사랑"으로 열어가려는 신앙인으로서의 신심(信心)을 은근히 그려내고 있다.

송미순 시인은 자신을 나그네의 마음으로 환기시켜 "천해 보물"의 절경과 동화(同化)된 심경을 "아쉬워 발길을 붙잡는가"라는 여운을 통해 서정적 자아와 자연 사랑과 미적 감각을 돋보이고 있다. 이는 내면적 서정시로 자연에 대한 진솔한 연민이 아닐까 싶다.

5. 모정의 향기

어찌 비단 송 시인 뿐이랴 !

인간은 누구나 어릴 적 어머니 품에서 잠자고 무릎을 놀이터로 삼아 자란다. 그 가운데서 사랑과 꿈과 무한한 상상력은 키워온다. 어머니의 몸은 인간의 안식처요 동경(憧憬)의 집이기 때문이다. 어머니란 존재는 순수한 에너지요, 고귀한 신비요, 희망이요, 사랑이요, 생명의 표징이다. 우리에게 어머니는 참고 견디고 기다림의 상징이며 인고(忍苦)의 결정체라 하겠다.

우리의 삶 가운데 만나야 할 인연, 세상의 스승, 벗 중에 가장 위대한 사랑의 스승이요, 벗이 되어주는 존재다. 이는 부모 자식 사이에 작용하는 최상의 묘용(妙用)이다.

어머니는 무한한 우주적 존재이며 생명론적 존재이다. 따라서 신을 섬기듯 자식을 사랑하는 것이다.

이러한 의미에서 송미순 시인은 어머니에 대한 간절한 그리움, 보고픔을 간직한 사랑을 고향의 추억의 집을 찾아가듯 사모의 정을 창조적 생산력으로 키워 내고 있다. 그 심경을 노래한 「울 엄마」에서 펼쳐보기로 한다.

세월이 흘러도
가슴에 묻혀
천만 번 부르고 싶은
울 엄마

둥근달 뜨는 밤이면
소나무 사이 저 달은
하얗게 미소 짓던
다정했던 당신

맑은 숨결로
하얀 매화꽃처럼
고운 향 가득하던

아름다운 친구

지치고 힘들 때
힘내라
꼭 안아주시고
옛이야기 도란도란
꿈 실어 주신
울 엄마

보고 싶어도
볼 수 없는 당신
불러도 불러도
메아리만 울리는 당신
빈 가슴에
그리움만 가득하네
　　　　　－「울 엄마」－ 전문

　인간은 살아가면서 어머니와 함께할 때나, 돌아가신 뒤에도 시
시때때 어머니를 부르고픈 마음의 충동을 느낀다. 이것은 인지
상정(人之常情)이라고만 말할 수 없는 고귀한 천륜(天倫)의 정
(情)일 것이다. 이러한 심경을 송미순 시인은 "세월은 흘러도"
잊을 수 없는 그리움이 "가슴에 묻혀" 있기에 기쁠 때나 힘들 때,
괴로움에 지쳐 있을 때 "천 만 번 부르고 싶은 울엄마"라고 울부
짖듯 진솔하게 술회(述懷)하고 있다.
　밤하늘에 다정하고 고요한 모습으로 얼굴 내민 "둥근달"을 바
라보며 늘 포근히 안아주시며 웃으시던 그 모습, 하얀 미소의

"다정한 당신"이라고, 〈하얀 매화꽃 - 고운 향기 - 아름다운 친구〉라고, 살다가 힘들 때 새 힘과 용기를 주시고 "꿈 실어 주신 울 엄마"라고 상상력과 형상화의 묘미를 극대화 시켜 꾸밈 없는 서정적 감각을 돋보이고 있다.

송미순 시인은 "보고 싶어도 볼 수 없는 당신" 앞에 불러도 대답 없는 "메아리만 울리는 당신"은 잊을 수 없는 아름다운 기억 속에 잠든 초혼(招魂)을 깨워 그냥 "울 엄마"라고 부르며 "빈 가슴에 그리움"으로 채우고 있다 라고 함축미를 살려 사모(思慕)의 정(情)을 최고의 가치로 이미지화해 주고 있다. 이러한 심경을 반추(反芻)하는 「손국수 한 그릇」의 작품에서 새로운 울림을 듣도록 한다.

시골 마을
해는 저물어 가고
어머니는 마루에서
밀가루 반죽하여 홍두깨로 밀었다

돌담 위 자라는
애호박 하나 따다가
듬성듬성 썰어서 끓였던
손국수

몇 가지 반찬에
어머니 마음 같은 국물이
입맛 돋궜던 손국수 맛

그땐 그랬다
어려웠던 시절 우리 육 남매
어머니 손맛 잊을 수가 없다
어머니는 지금 곁에 없지만
그 추억이 눈앞에 선하다

"어머니
어머니가 해주시던
손국수 먹고 싶어요"

오늘 같은 무더운 여름날
어머니의 손맛 담긴
홍두깨 손국수 한 그릇이 그립다.

－「손국수 한 그릇」－

사람은 누구나 자신이 부모가 되었을 때, 돌아가시고 함께할 수 없을 때, 내가 어머니가 되었었을 때, 어머니의 무보상의 베풂, 내리사랑을 절절하게 깨닫게 된다. 그래서 자식이 좋아하고 기뻐하고 잘 자라는 모습을 보는 것보다 어머니에게는 더 기쁜 일이 없다는 것도 가슴 깊이 느끼게 된다. 송미순 시인은 이러한 감정을 어머니의 사랑과 일상에서 맛보는 손국수를 연결시켜 아름다운 기억 속에 자리한 어머니에 관한 그리움과 공경심을 이끌어내고 있다.

알뜰살뜰한 시골 마을의 향기가 피어오른 고향의 정경과 정겨웠던 어린 시절을 여성적 섬세함과 세련된 문학적 효과를 잔잔한 감동으로 그려내고 있다. 〈마루 － 밀가루 반죽 － 홍두깨 －

애호박 – 손국수〉로 이어지는 시적 이미지화를 통해 마음의 고향인 어머니의 맛을 "어머니 마음 같은 국물"로 상큼하게 우려내고 있다.

"어려웠던 시절 우리 육남매"와 함께 했던 고달픔과 견딤, 보이지 않는 마음의 눈물로 얼룩진 어머니의 자화상을 그려보듯 "그 추억"을 회상하며 울부짖는 가슴을 부둥켜 안고 "어머니, 어머니가 해주신 손국수 먹고 싶어요"라고 어머니 사랑이 머무는 포근한 보금자리를 그리워 하고 있다. "오늘" 지금 이 시간과 지난날을 연상하며 시인의 무의식 속에 지향하고자 하는 모정의 무한성에 대한 서정적 시상을 돋보이게 하고 있다.

6. 마무리 하면서

송미순 시인은 풍부한 인생의 가치와 의미가 담긴 진솔한 삶의 체험을 서정적 시어로 구김살 없이 잘 소화해내고 있다. 이러한 시적 울림에서 독자와 공감할 수 있는 삶의 여정을 되새겨 보게 하고 있다.

중국 당대(唐代)의 시인 백거이가 "시는 정(情)을 뿌리로, 언어를 싹으로, 운율을 꽃으로, 의미를 열매로 한다"고 했다. 이렇듯 송미순 시인의 시적 표현은 〈과거 – 현재 – 미래〉를 이어주는 다감한 교감과 융합해가는 상상력의 확장, 형상화의 참신성이 함축된 언어 예술로의 시상을 펼치고 있었다. 한결같은 열정과 섬세한 시적 감성으로 살아 있는 시, 자기다운 시를 쓰기 위해 독창적인 이미지화를 통한 심미적 표현능력을 발휘하여 보이지 않는 정신적 연민의 정이 몸부림치고 있는 진솔한 시 세계를 보여주고 있다. 그뿐만 아니라 서정성에 함축미와 실험적 형식미를

갖추어 감동과 긴장감을 늦추지 않는 순수성을 부각(浮刻)시켜
주고 있다.

송미순 시인 자신의 가장 값있는 삶의 체험을 바탕으로 한 '행
복과 사랑 그리고 희망'을 향해 혼불을 태우는 열정의 열매인 첫
시집 〈태양은 솟는다〉 출간을 마음 모아 축하한다.

앞으로 급변화의 세상에 적응하고 시대정신에 부합한 미래지
향적인 더 깊은 사유와 성찰의 시심을 형성하는 언어미학이 살
아 있는 내적 자아로 승화하는 작품세계를 펼쳐 한국문단의 새
로운 지평을 열어가는 여류시인으로서의 성숙한 향기를 보여주
기를 기원한다. (+)

2023. 10.

시인 · 문학평론가 김 종 천

희망을 꿈꾸는 송미순 시인의
"태양은 솟는다" 축하하며

송미순 시인님이 이번에 출간한 시집을 통해서 끝없는 문학의 열정과 시에 세계가 자신의 사상과 철학을 노래한 "태양은 솟는다"에서 엿볼 수 있습니다.

얼마나 많은 인내와 고통과 태고의 시간 그리고 정성을 들였는지 시를 통해서 알 수가 있을 것 같습니다.

첫 시집 7년 만에 출간을 축하드리며 더 나은 시 세계의 활개를 펼쳐 나가시기를 바라면서 무한한 발전을 기원합니다.

부산영호남문인회 회장, 시인, 수필가 재봉 김 창 식

송미순 시인의 시집
"태양은 솟는다" 첫 시집 발간을 축하하며

송미순 시인의 시집 "태양은 솟는다"는 등단 이후 7년
만에 기지개를 켜 든 발간이야말로 양식을 정립시켜 드러낸
작품이다. 활발한 존재 의식은 확실히 비범한 실생활의
철학적 관심사를 침투시킨 희망의 비결을 제시한다. 예술적
중심이 자신의 생활 체험과 분리되지 않는 미래에 좋은 말과
생각, 행동, 그리고 언어를 빌어 생명의 씨앗을 뿌려 튼실한
사랑의 열매를 수확하려 한다. 좌절과 희망의 교차지점에
서있는 송미순 시인의 작품은 곧 그의 삶에 고스란히 녹아있어
너무나도 육중하다. 이 시집을 머리맡에 가까이 두고 짬짬이
읽다 보면 내일이 행복해질 것이다.

한맥문학 회장, 시조, 시, 평론가 송 귀 영

"태양은 솟는다" 출간을 축하하며

시는 관념과 정서를 형상화하는 작업이요
함축과 비유와 상징 및 상상력을 동원해서 미적 표현으로
만인의 정서 함양과 교양시키는 일이 시인의 소임인 것을

송미순 시인 시 속에는 삶의 고뇌와 향기가 묻어 있으니
어둠을 밝히는 밤하늘의 달빛이요, 등대이고
시어 마다 청아함과 이슬처럼 영롱하기에
바이칼 호수의 쪽빛 푸르름과 공주의 옥구슬에 비하랴

철에 따라 그의 정서와 감각이 새로워 시를 감상하나니
춘삼월 봄의 시에는 그늘과 쉼터를 안기네
가을엔 붉은 단풍이 짙어가니 소매 깃에 붉은 물이 적신다고
백설 흩날리는 찬 겨울엔 박속같은 하얀
마음은 동심의 세계여라.

그는 신화의 카오스와 프로메테우스처럼 희생 봉사로
선녀요, 자애심으로 타에 귀감을 보이니 '문예마을 작가회'는
연일 아침 햇살처럼 반짝이고 전국 문인들이 미소로 문을
두드린다.

시인으로 첫 시집 "태양은 솟는다" 출판을

축하 축하의 마음 모아서

그 찬란하고 아름다운 詩心을 알알이 白紙에 새기노라니

文學史에 영원하리라.

문예마을 고문, 시인, 수필가, 문학평론가 신 동 일

"태양은 솟는다" 축하하며

삶이 힘들고 지칠 때 송미순 시인의 시를 읽으면 아픈 마음
이 치유되고 정화가 된다.

그 옛날 시골 외할머니의 약손이. 배를 어루만져 주면 깨끗
이 낫는 그런 느낌이 든다.

송미순 시인의 시는

대자연의 오묘함과 섬세함을 알 수 있다. 각양각색의 꽃들과
대화를 나눌 수 있다.

또한 그의 시 세계는 사회의 아픔과 역사의식도 엿볼 수
있다.

오랜 인고 끝에 곡식을 심고 밭고랑을 정성스럽게 가꾸어 이
제 수확의 첫 시집을 발간하는 송미순 시인에게 많은 기대와
무궁한 미래가 있을 것이라고 확신합니다.

문예마을 고문, 시인 이 충 관

시집 상재를 축하합니다

송미순 시인이 시집을 상재했다. 지금보다 더 큰 작가로 더 많은 독자들과 교감하는 작가로 성장하기를 간절히 바라는 마음이다.

처음 알파벳을 배우는 심정으로 봄, 여름, 가을, 겨울, 사계절에 얽힌 시절 인연들과의 추억을 기익이라는 이름으로 엮었을 것이라는 생각이 든다. 단어 하나하나에 마음의 글자를 새겨 행간을 채워 내려갔을 시인의 화법이 궁금하기도 하다.

숱한 계절을 지나오며 글벗들과 함께 마셨던 술잔 몇 순배를 돌았는지, 이름 모를 독자들과 함께 마셨던 커피 잔이 열 잔을 넘어 스무 잔, 백 잔, 천 잔도 훨씬 넘었으리라.

좀 서툴고 느린 시각으로 이 아름다운 계절과 삶을 말하려 했을지도 모른다. 모두의 계절 가을에 시인 송미순이 연출하는 로맨틱한 언어가 기대된다. 오래도록 기억에 남기고 싶은 그녀의 가을이 누구도 흉내 낼 수 없는 그녀만의 언어로 쓴 시를 들고 가을의 노래를 만들었다하니 축하할 일이다.

시는 세상을 읽는 독자만이 아는 가장 아름다운 문장인 것이다. 이제, 그 가을이 시작 되었다.

시인 이 현 수

"태양은 솟는다" 축하하며

대한민국의 문화 예술을 대변하는 송미순 시인님
이번 "태양은 솟는다" 출간을 진심으로 격려와 축하를 보냅
니다.

한국 문화 대중 발전과 사회 봉사 활동으로 더불어 사는 예
술적 열정의 창의성이야말로 대한민국의 새로운 미래를 열어
가는 초석이 될 것입니다.

다시 한번 진심으로 축하를 드리며 앞으로 대중문화의 미디
어 발전의 초석이 되어 주심에 감사와 함께 박수를 보내드립
니다.

세계문화예술협회 총재, 시인 조 무 수

"태양은 솟는다" 를 감상하며

'나'라고 말할 때 우리 속의 '나'이다. 말의 주체인 사람은
박제되어 버린 기억까지도 꺼내 새로운 이미지로 창출한다.

송미순 시인이 그런 사람이다. 과거를 복원하여 신선한
이미지로 탄생시켜 존재의 미학에 닿는다.

또한 송미순 시인은 응집하는 힘이 강하다. 독자들은 언어의
통로를 통해 나름대로 행간의 여백을 채워 읽게 되는 여유를
느끼게 될 것이다.

시꽃피다 리더, 시인 조 선 의